KB068128

마음이 다닌 길

두 번째 이야기

마음이 다니는 길

참솔 김춘자

두 번째 이야기

바른북스

올해는 『마음이 다닌 길』 시화집 제2집을 부족하지만 준비해 본다.

몇 년 전 매화에 대한 논문 준비를 하느라 양재꽃시장에서 2월에 청매화를 구하여 집으로 들인 적이 있다. 온도가 높았는지 정신없이 피더니 온 집안이 매화 향으로 가득했다. 그런 후 잎이 나오지 못하고 나무가 시들해졌다.

거실에 두면 죽을 것 같고 별 방법이 없어 화단에 두었더니 5월쯤에는 다시 싹을 보여주는 기쁨을 안겨주었다. 식물을 욕심으로 키울 때가 많다. 어린아이라면 업어라도 줄 텐데, 어디가 아플까 마음만 동동거리고, 그게 분재라 10년은 자란 것인데 사들인 것을 후회도 했다.

그해 입동 준비로 집안으로 들여놓으려는 마음도 잠시, 누군가 모르는 사람의 손길을 타 내 곁을 떠났다.

매화는 겨울 속에서도 곱고 맑은 향기를 피워내는 꽃이다. 살아가는 날의 고뇌에 대한 질문 같은 것도 되겠고, 나를 향하는 목마름 같은 것이다. 향기는 마음껏 마셔도 남아 있지 않으나 잊어지지 않는다.

올해는 우연히 들린 농장에 여러 가지 매화 중 꽃망울이 똘망한 연초록 껍질에 쌓인 청매화를 단단히 볼 수 있었다. 혼자 맘껏 바라보고 사진도 찍고 머물다 집에 와 미친 듯이 그림을 그릴 수 있었다.

좋아는 하지만 누구도 가지지 못하는 꽃과 향기의 유한의 시간, 필 때와 물러갈 때를 안다.
오래된 고목나무 구도를 잡고, 그려보아도 맘껏 그릴 재간才幹도 못 되지만 그래도 좋아서 그려본다.

삶은 늘 그리움을 담아 내 안에 머문다.
매화 향기를 잡을 수 없듯이
우리가 사는 세상을 시라는 언어로, 글씨와 그림의 연습으로 살아가는 일상이 마음에 머물러도 표현은 부족하기만 하다.

생동하는 자연에게 그렇고 내 옆에 가족, 부모, 형제가 그렇다. 친구, 이웃이 그러하다.

삶은 다 살아지지 않은 욕심쟁이 속 그리움이다.

나의 부족한 그림과 붓글씨로 함께 시간을 보내주신 은당 이경자 박사님과 예나 정복동 박사님께 감사의 마음을 전한다. 제일 먼저 독자가 되어준 가족과 이윤희 씨, 임평우 친구, 출판을 도와주신 바른북스 김병호 편집장님, 담당 편집자 김재영 씨께도 감사 인사를 드린다.

참솔 김춘자 올림

삶은
늘 그리움을
담아
내 안에
머문다

차례

서문

자 연

인생

꿈

가족

추억

마음

햇빛을
오렸나요

달빛을
보냈으로
보였나요

자 연

봄길

햇빛으로 오셨나요
달빛으로 오셨나요
먼동이 트기 전
세상은 꽃무대입니다

하루도 아니고
매일이 봄길입니다
산속은 빗장이 풀려
물소리가 찰랑거리고
너도나도 봄잔치 꽃노래입니다
먼 산 연초록 풍경은 숨겨진 아름다움,
가슴으로 다 담지 못해 눈감아지는 그리움입니다

마을 어귀는
노랑으로 분홍으로 빨강으로 하양으로
그 위를 작은 나비가 나풀거리고
잿빛 나무마다 움트는 싹을 어이 맞을까요

발밑 작은 풀들도

소나무도 솔잎을 내밀고

새소리 장단내는,

저 멀고 먼 길의 안내를 받으셨나 봅니다

린네[*]도 이 봄길에 머물고 계신가요

알 수 없는 영겁의 세월에

햇빛으로 오셨나요

달빛으로 오셨나요

감사합니다 꽃길입니다

고맙습니다 꽃길입니다

사랑합니다 꽃길입니다

매화길

매화 찾아 산길을 오르는데

매화는 찾지 못하고 내려왔다

햇빛 속에 산길을 내려오는데

매화 향이 느껴졌다

놀란 마음 멈추고

멀지 않은 곳에, 환하게 날 반기는 매화

햇살에 하얀 속살이 드러나고

바람 속에서

피어나고 있었다

매화 좋아하던 임포*도,

퇴계 선생이 혹애恐愛하던 매화도 한자리에 모였다

---

*   임포(967~1028년)
    송나라 시서화에 능하고, 결혼도 하지 않고 매화와 학을 기르고 살아서 매
    화를 아내로 삼고 학을 자녀로 삼았다는 매처학자(梅妻鶴子)라는 이야기가 전
    해짐.

아는가 모르는가
매화와 나 사이
시간이 지나
옛 선인이 그립고
매화 향기 사무치면
빈 가지라도 만나러 와
바람에게 편지라도 써야겠네

그 순간

난은 자연이다
나의 어머니도 자연이다

우리집은 난이 잘 핀다
지난해 이맘때쯤 병환의 어머니가 우리집에 오셨다
기억을 잊어버릴까 봐 아침에 눈을 뜨면 난이 피어난 것을
숫자로 헤아려 보려고 거실로 겨우 나오셨다
하나 둘 서이…
다섯 송이 난을 헤아리기 힘드셨던 어머니
지금 어머닌 겨울 땅속 무덤에 계시고
우리집 난은 어김없이 피어오른다
석 달 넘어 뜸 들이다 8대 모두 꽃을 피워낸다
꽃잎을 맺어도 피는 순간은 한 번도 만나지 못했다
어머니 병상을 지켜도 어머니 눈 감는 순간을 알지 못했다

곤충

아침 공기가 서늘하여 창문 닫으러 갔더니
나방 한 마리 망에 붙어 죽어 있었다

8월 중순부터는 풀벌레 소리 한창이다
아침저녁이 곤충의 음악이다
그들도 우리처럼 새끼 치고 둥지 틀며 사는 날이리라

풀이 있으면 어디나 사는 곤충들
매미, 귀뚜라미, 찌르레기
풀벌레 세상
아픔도 슬픔도 노여움도 억울함도
소리로 풀어내는 풀벌레 삶

밤새 날개를 비비대며 울어대는 벌레들
그들 여정도 살아 있으니
날고 푸득이고 비벼대고
죽은 나방 한 마리 내 말 듣고 있을까

둥실 떠가는 마음

둥글고
밝고
원만하고
탐스럽고
높고
온유하고
눈감아도 환하고
바라보아도 그윽하고

평생 우러러보고
미소 지으며
닿고 싶어라
닮고 싶어라
배우고 싶어라

매일 숲속을 거닐다가
벤치에 앉아서

하늘 높이 구름과
둥실 떠가는 마음이
은둔되어지는 저곳

눈감아도 환하고
바라보아도 그윽하고
닿고 싶어라
닮고 싶어라
배우고 싶어라

복수초

세찬 바람 몰아치는
낙엽 속에
샛노란 모습 얼굴 내미는,
찬찬찬
네가 있구나

나는 용기가 필요했어
혼자서 빈 마음인데
추위의 이불로 말갛게 피어나네

이곳에서
저곳에서
봄 피어오르는 소식 한 배낭 지고
햇살 안고 웃음 넘치네
바람 소리에도 부지런 떠는
작은 꽃 큰 마음
내가 가꾸는 마음의 꽃밭에 너를 심을게

쑥쑥

봄이 열릴 때
신록 속에 감꽃 피더니
장마 속 넓은 감잎 속에
쑥쑥 커지는 감
바라보고
기뻐하고
바라보고
탐스러워

지나온 삶도 감처럼 익어 바라볼 수 있다면
추운 겨울 빈 가지처럼
이겨내고 참아내어
내 봄을 맞이한다면,
감은 감으로 잘 익어간다

감이 감이라는 사실
내가 나를 알아가는 길…

두고 떠난 이별

오래전 선물로 온 난과 16년을 살았다
내 손길 기다리느라 설친 까칠한 꽃눈
그래도 봄마다 깊어진 꽃잎으로 속살 드러내며
향기로 집 안을 채웠다
알아도 모르는 척
몰라도 모르는 척
오래 머물다 내 곁을 떠났다

11월이면 속살 빼내어 촉을 드러내고
은은한 초콜릿 향기가 거실을 차지한다
우아한 자태로 꽃잎이 열리는 3월 초입이면 우리집의
기다리는 단골 산천보세가 되었다
작은 꽃대가 꽃잎 맺어 피어오르는 시간은
숨죽일 만큼 기다림이다
때 놓치지 않고 꽃봉우리 맺고 피는 약속을 익혀주다,
마른 잎으로 죽음을 준비하는 뒷모습까지 보여주고 떠났다

함께한 시간과 이별

산속의 바람과

햇살 속에서

이슬 머금고 살아야 할 난이

우리집서 살아내느라 애쓰다 갔다

머물고

헤어졌지만

만남 속에서 난은 두고 떠난 이별이 되었다

산수유

겨울 품고 살았노라
안아달란다
모진 추위에 떨었다
업어달란다

안고 업고
안고 업고
보고 또 보고
보고 또 보고

차마 나누지 못한 미안한 고백
지난겨울 초입
문경새재 지나며 산수유 몇 가지를 꺾었어
빨간 열매의 고혹蠱惑을 보고 참지 못했어
그 아름다움을 갖고 싶어 산수유 허리를 잘라버렸지

내가 살면서 잘못한 것은
이것뿐인 건 더욱 아니야
너의 아픔을 나누지 못해 서성이기도 했지

노란 꽃잎에 더하여
열매의 다함까지 마중하는 날
안고 업고
보고 또 보고

가득의 빈자리

나무에 걸친 달은 날개도 달아주고
눈물도 닦아주고
내 그리운 이름으로 남아있는 가득의 빈자리
언제나 커졌다 작아졌다

추운 겨울날
혼자 달리는 열 살의 신작로부터 달빛이 가득했다
달빛 차오르면 내 그리움은 달이 된다

토닥이고
일어서게 하고
잠들게 하고
돌아보게 하고
다시 쳐다보아도
내 그리운 이름으로 남아있는 가득의 빈자리

보름달 둥근달

엄마한테 혼나 뒷간 벽에 기대어 숨어 울 때
나를 비추고 있었어

아기 낳고 소원 빌 때
내 소원 다 들어준다 했어
엄마 보낸 첫 제사 때 산 굽이굽이 따라와 배웅해주었어
멀리서 온 공부 중인 아들과 공원에 앉아 두런두런 얘기
나눌 때
소나무에 걸린 달이 우리 얘기 듣고 있었어

몇십 년을 따라오고,
따라가고
강물에 달이 비치면
하늘도 달빛도 내 편이 되는 거지

눈이 침침해져도
내 이야기 다 들어주겠지

마음이 침침해져도
달은 날 알아볼 수 있겠지
내가 어디로 와서
어디로 가야 하는지 일깨워주는 환한 달,
보름달 둥근달

봄이 오는 소리

꽃 싸게 푸느라 밤새 뒤척이다
아침 햇살에 꽃망울 터지면
이곳저곳 지천이 꽃무대
봄마다 받아보는 황홀의 초대
매화도 목련도 제비꽃도 민들레도 개나리도 꽃따지도
첫걸음 배우는 새싹도,
감당 못 하는 소풍 놀이
색깔로 촘촘
모양으로 쫑쫑
향기로 마음길 열려
아주 작은 꽃잎은 더 가까이

아이야 나도 봄이고 싶다

봄이오는소리

빗소리

빗속에 잠겨 방울방울 내리는 비가 나이고 싶어
비를 맞으며 너를 알아가는 동안
난 언제부턴가 빗소리가 되었어

해마다 장맛비 내리면
비에 젖어
나이 없는 내가 되었어

주륵주륵 주르륵
그게 나이면
빗소리 장단은
자장가 악보

처마 적시는 장마소리에
오호라
난 언제나 그 안에서
자라지 못한 소녀

눈이 내리고

겨울마다 받아 온 사랑
소복소복 쌓여
내 손 잡아 주었어

겨울마다 받아 온 사랑
괜찮다고 괜찮다고
그래도 된다고 품어 주었어

겨울마다 받아 온 사랑
내 편 되어 포근한 마음이 되었어
살아가는 마음을 무엇으로 내놓아 나라고 하나

겨울마다 받아 온 사랑
하얗게
소복하게
품어주는 마음
인생길 밝혀가라는 하늘 꽃 편지

봄날

봄에 태어난 아가
진달래 보고
제비꽃 필 때
태어난 나의 아가

봄 되어 손잡고
입학하고
훌쩍 키 크라 신발도 크게 신고
봄이면 쑥국 먹고 튼실하게 자라던 아가

아가가 자라 시집을 가더니
아가 같은 아이들이 쑥쑥 나오고
별빛에 물든 꽃말을 찾았나
아롱다롱 자라지고

쑥쑥쑥
나도 엄마의 딸로

할머니의 손녀로

증조할머니의 점점점으로

거슬러가면 자연의 흙이던가

입춘대길 알리며 찾아오는 꽃망울 속의 싸개가 도톰해지고

숨바꼭질하는 봄은 못 말려

사랑

아침에 본 목련이
오후 나절에 떨어지고 있습니다
사람도 자연이고
사랑도 자연이고
지워지지 않는 사랑이
꽃잎 속에 묻어갑니다

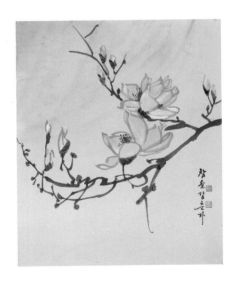

불이야

지금 가면 언제 오나
다시 못 올 이내 신세 어허야
산에서 태어나
뜨거워 나 죽겠네 나 죽어~

소나무도, 상수리도
알콩달콩 동무하다
하늘 아래 내 집이라
뜨거워 못살아, 나는 못 살아아
송이 균도 못 산다네,
난초 꽃도 피다 말아
날개 없는 새빨간 아기 새도 어허야
산 또랑 개구리
눈뜨다가 어허야아하~

바람 놈들 날뛰네
천길만길 퍼져가네
인간들 잡아가소 어허야어허야

숲속의 새소리

숲속 아침이 일어날 때
이곳이 저곳이 새소리
짧게 길게 퍼득이며 숲을 깨우는 소리
촌음 속에 긴소리
날아오는 소리 날아가는 소리
이쪽에서 저쪽에서 아침을 나누는 분주함

소나무가 좋아
상수리도 좋아
모이 쫓고
바람 한 점 마시고
가지에서 산책하며 거닐며
이리저리 옮기고
이슬이 가지에도 꽃잎에도 새싹에도 달렸다

숨죽이며 쉿
이슬 떨어질라 쉿

잎새 돋아나는 나무도 쉿

가지 흔드는 새들도 쉿쉿

숲속 아침이 일어나고 있다

이곳에서 저곳에서 숲을 깨우는 새소리

아침 명상

자기
날개로
날아야
아름답습니다

창솔 김춘자

인 생

세월이 가면

봄 오고
봄 가고
지금껏 살아온 세월
흐르는 물 같지요
울지 말아요
슬퍼 말아요

새잎의 눈 뜸에 가슴 설레었고
꽃잎 열릴 때 우리도 꽃으로 피어났어요
소나기 소리에 잠을 뒤척이며 아침을 맞았고
달빛이 가득한 밤
꿈빛에 젖었어요
울지 말아요
슬퍼 말아요

오늘도 우리를 맞는 햇살에 바람이 느껴지지 않나요
새들이 푸득이며 나무 위를 날지 않던가요

울지 말아요
슬퍼 말아요

나이 들면서

날마다 찾아오는 아침을
날마다 받아먹었습니다
날마다 찾아오는 시간이
미안합니다
부끄럽습니다

나무가 나무로 자라듯
꽃이 꽃으로 피어나듯,
그리고 싶은데
왠지 모를 일입니다

비 오는 날
바람 부는 날
먹구름 천둥소리로 울던 날
바람 따라 가버리고 싶었습니다
숨어버리고 싶었습니다

아침을 저녁을
잘 받아들이고 싶었습니다
햇살이 토닥이며 가르쳐 줄 때,
잘 배우고 익히고 싶었습니다
뉘엿한 노을에 모아지는 두 손
세상에 온 이유를 다시 물어봅니다

집 짓기

함께 살던 아들이
분가하고 혼자가 되었다
떠난 자리가 앞을 가린다
부엌문이 닫히고
거실은 침묵이다

내 집을 지어보자
어느 곳에서 그림 그리고
어느 곳에서 시 만들고 글씨를 빚어
떠난 자리 삐꺼득거림도 청소하고 닦아내기

집을 지어보기다
내 목소리
내 노래로
마음 바닥에 숨겨진 자락
햇살로
비바람으로 집을 지어보기

저 노을처럼

하늘과 바다가 맞닿은 저곳에는
아직도 퍼 올리지 못하는 그리움
하늘과 맞닿은 산자락에
지금도 떨치지 못한 미련

삶이 혼자라는 거
시중時中 속 오늘
살아오고
살아 낸 시간에 받아 보는 삶의 성적표
그림으로 그려도
다 담을 수 없는 저녁의 함몰
삶은 그렇게 이어지는 지평선 너머 미생의 작품인가

이 길인가 저 길인가

이 길인가
저 길인가
남해 죽방멸치 뚝방길 걸으니
바다에 내린 햇살이 금빛이다
남해 죽방멸치 뚝방길 걸으니
맑고 푸른 물이 햇살에 일렁인다
바다 곳곳에 쳐 놓은
죽방 사립문 안으로, 멸치의 선택은 생사 길이 정해진다

이 길인가
저 길인가
바닷물은 말이 없다
멸치가 택하는 두 갈래 길
죽방멸치 길인가,
살아서 바다로 헤엄칠 것인가

바다에 바람이 일렁이고
멸치가 헤엄치는 곳

모르겠어요

엄마 나 왔어요,
엄마 속에서 나왔어요
어릴 적에는 여자로 태어나 구박 덩어리,
그러면 어때요
내 안에는 내가 자라고 있었어요

사는 동안
두려움도 많았어요
사는 걸 몰라 두려웠어요
잘 살고 싶은데
온통 두려움이었어요

모를 일이 생겼어요
살아갈수록 어제와 같은 날을
어제와 다른 날로 살고 싶었어요
그게 지켜지지 않아요

엄마 나 왔어요

이젠 가을이 되었어요

밤낮을 사는 사이 가을이 되었어요

모를 일이 더 많은 가을날이 되었어요

닿지 못하고

나는 나이고
너는 너이고
함께해도 닿지 못하고
닿을 수 없는
나와 너 속에
닿지 못하는 거리
나이고
너이고
마음과 마음 사이
닿지 못하는 마음을 하늘은 아실까?

나는 누구인가

어느 곳에 머물러도 나그네
이곳저곳 소풍 길

막 꽃핀 뜨락에 검은 소나기 쏟아지는 서러움 있어도,
막 꽃핀 뜨락에 검은 소나기 쏟아져도 라일락은 다시 피더라

꽃들은 주인이어도 야단스럽지 않아
스스로 피고 스스로 지고
자기 모습으로 스스로

달도 만나고
별도 보고
꽃피는 계절 품고 사는 나그네

휙 세월

나이는
세월이고
바람이고
구름이고
꽃이다

세월도
바람도
구름도
꽃도 가질 수 없는 내가 되었다

바람도 바람이고
구름도 구름이고
꽃도 꽃이며
나는 나인데 가질 게 없다

내가

구름같이

바람같이

꽃같이 세월 속에 있는 사이

내가 누구인지

찾아보았다

내 나이가 세월이 되었다

살아가는 길

살아보니
살아온 게 없다

사계절 느껴보니
그때마다 인생은
굴곡진 개울을 바라보듯
나를 채우고 비우고 있었다

산골짜기 한 모금 바람의 향기가 나였다
나이지 못하는 그리움이었다
한 곡 슬픔으로 일렁이는 바람이었다
잘못이 많아
넘어진 자리
일어서고
바람불고

살아가는 길은
어제의 연속이지만
길은 길로 이어지고
살아보니
살아진 게 없다

고추나무 일으켜 세우듯

동생이 마른 고추를 사 다듬었다며 사진을 보내왔다
투명하게 잘 익은 고추였다

하늘의 햇살에 익었고
바람에 흔들렸고
빗속에서 몸부림치는 날에도
옹기종기 가족을 일구어
부대끼며 여물어 온 고추를 생각하니
매운 인생살이 같았다

한번은 어려운 삶
살면서 넘어지면 고추나무 일으켜 세우듯
누군가의 도움으로 질끈 눈물 감추던 시간 속
나만 살아온 삶이 아니듯
나만 살아온 어려움이 아니듯
살아온 시간은 고추 익듯이 살아온 삶

새하얀 작은 꽃 속에 매운맛이 있다니
햇살의 그릇 안에
바람의 보챔과 비의 인내와
고춧잎의 도닥거림 속 잰거름이었네

나 고추로 더운 여름 지내왔다고
나 고추로 쭉쭉 열매 맺었다고 윤기 내고 있네
난 언제 네 당당함처럼
스스로에게 말할 수 있을까

설거지

설거지를 한다
튀김 솥도
국그릇도
도시락도 씻는다

설거지를 한다
아버지 걱정하는 마음도
책 읽지 못한 부족한 마음도 씻어 버린다

설거지를 한다
씻을 때마다 미안하고
씻을 때마다 모자라 하고
씻을 때마다 귓가에 들리는 음성

괜찮다…

한평생 스승
더러운 그릇 깨끗해질 때
나도 물이 되어 본다
서성이는 마음
삶 속에서 다하지 못할 때
나도 물이 되어 본다

언제쯤이면
혼탁함 씻어 내리고
은모래 감싸는
나로 흘러갈 수 있을까

가족 묘지

너무 앓다 죽음이 되었다

땅을 파고 관이 놓여지고 결혼하지 않은 두 아이의
아빠를 부르는 울음소리가 무덤에 묻힌다
가슴 속에 묻은 게 많은 아낙은
무덤을 덮는 흙 속의 잔돌을 가려낸다
나무 위의 까치는 까악까악 울어대고
오래된 가족들의 무덤에는 잔디가 무성하다
무덤마다 돌들이 담을 쌓고 바람 소리 다녀간 흔적
까만 돌들은 세월 품으로 사이사이 풀들이 자라난다
누군가 태어나고 누군가 죽음을 향하고,
왔다 가는 삶 속에 흙이다가 물이다가
뜨거운 공기이다가 바람이다가

세월은 놓을 수도 잡을 수도 없는 삶이다
엮어진 인생살이가 바람에 날린다
다한 삶이 무덤에 내려지고 가족이라는 이름으로

무덤 하나 보태어진다
이곳 땅 깊이에서 자연이 된다
흙에서 자라는 꽃과 풀들이 우리의 기도로 태어나
우리 곁에 머물 수도 있겠다

이곳은 사계절이 깊어 겨울은 스잔하고 발걸음이 뜸해
눈보라가 무덤을 지키고,
봄이면 철쭉에 유채 꽃에 목련이 색색 피어난다
이곳도 세상,
저곳도 세상,
인간이 숨 쉬는 세상만을 우리는 삶이라 이름한다
땅 밑의 개미들이 가족을 이루듯,
우리도 가족을 만들고 한껏 잔치를 벌이며
좋아라 놀다가 어느 날은 이별이다

관을 넣고 흙을 덮고 무덤이 만들어지고
가족 묘지도 식구 하나 늘어난다
잔디가 살아날 어느 날 여름비에도,
가을의 까치가 울면 무덤은 침묵 속에서 겨울을 맞고,
살아있는 가족은 아빠를 보러 이곳을 찾을 것이다

결혼을 한다고 아빠 뜻 어긋나지 않게
잘 살아가겠다고 술 한잔 올리고,
잔디는 다듬어져 세월에 익어지겠다

우리들 살아있는 날은 잔칫날이다
꽃이 피어 열매를 맺어가듯이

제주 친구 남편 떠나보낸 날

장마

소나기가 내린다
하염없이 퍼붓는다
햇살이 없다

내 삶이 장마질 때
그때를 떠올린다
햇살이 늘 비추고 있음을 그때는 알지 못했다

끝
임
없
이
연
마
한
덕
을
앞
세
워
발
전
을
이
룬
다
김
홍
자

* 파초는 옛 선비들이 즐겨 그리는 그림
  이다. 스스로 마음을 굳세게 다지며 쉬
  지 않고 노력한다는 자강불식(自强不息)
  은 자신의 목표를 향해 끊임없이 노력
  하는 것을 의미하겠다.

꿈

송악산 둘레길

솔숲 산길 바다 위로
구름 한가롭고,
길가 해풍 맞은 풀꽃 향기
바람에 누웠다가 다시 서는 갈대에
허상이 펼쳐지고
송악산 그림자 품은
바다는 말을 잃고
파도가 달려온다
비릿한 냄새 풍기고
해달별 뜨고 지는 산길

걸으면서,
무너진 길을 꿈꾸고
누구나 가는 길에
내 길은 다른 길인가
누구나 살아가는데
내 삶만 아파지는가

일어나 걸으면 길이 된다고
걷다가 보면 길이 된다고
솔향이 손잡아 주는 길
해달별의 오래된 숨소리

나에게 똑똑

날마다 찾아오는 아침에 안겨
날마다 저문 노을에 잠겨
창문 닦고
밖을 보니 가을이 호젓하다
뜀박질하며 살아온 오후,
해 저물면 무얼 할지
사는 내내 물어보던 나에게 다시 똑똑

'뭘 할 건데?'
밥 먹고 아이 키우며 살아왔어
그래 잘했어
다시 물어 보는
'뭘 할 건데?'

명심보감에
천불생무록지인天不生無祿之人 지부장무명지초地不長無名之草
하늘은 직업이 없는 사람을 내지 아니하고

땅은 이름이 없는 풀을 내지 않는다고 하였으니
다가서 봐

바람에게 물을까
머잖아 달 뜨면
달은 뭐라고 할까
안방 앞 소나무 자라는 소리에
둥근 달 소나무에 걸쳐지겠다
다시 물어 볼게
'뭘 할 건데?'
너에게 묻는 거야
원하는 거 있잖아 그래 꼭 원하는 거

엄마의 식탁

아가들은 어른되어 떠나고
다시 창문을 열고
커튼을 걷어 본다

살랑 바람,
푸른 하늘 새털구름도 그대로이다
이제 밥을 지어 줄
가족은 없다

노자老子가 말한
생이불유生而不有, 위이부시爲而不恃, 장이부재長而不宰
낳아주되 제 것으로 갖지 아니하고
위해주되 대가를 바라지 않고
자라게 해주되 간섭하지 않은 게 사랑이라 하자

햇살 가득한 아침상에
계절 준비하는 바람을 초대하고

참새 소리가 아침을 알리면
식탁은 다시 만난 삶에
욕심 걷힌 밥상이 되었다

책 읽고
그림 그리고
시상 떠오르면
함께 뒹굴어도 좋을 삶에
차 한잔 끓이는 그리움을 손수 나누어 본다

살아온 시간의 아련함과
그 안에서 널뛰어 본 사계절보다
밟아 보지 못한
시간의 미래에 스스로 만들 숙제에
오늘을 담는다

시의 이유

사람이 살아가는 데 아름다움은 무엇일까
살아오면서
나다움을 묻고 또 묻는다
알 듯 모를 듯
꽃은 꽃망울에서 자라고
꽃망울은 꽃씨 속에서 나왔고
꽃씨 속을 무엇으로 물어보나

살아가는 아름다움의 경지,
내가 나를 살아내는
작은 행위의 또 다른 표현

사는 동안
나를 찾는 길로 이어진 속내
사는 동안 꽃을 바라보고 그리워해도
그것이 답을 찾지 못한 듯
사는 동안 마음을 가지고

사는 동안 자연을 배워
자연이 되어 보는 일

그리움은 시다
시가 그리움이다

날마다 날마다

새벽이면 날 찾아온 오늘
새하얀 포장을 뜯고
내가 사용해야 하는 스물네 시간

날마다 날마다 오늘을 받아
대문 열고 간절한 인사
대문 열고 안아보는 푸른 새벽
날마다 날마다 오늘을 살아
만남의 시중時中

가까이 가까이

세상 나올 적,
함께한 에너지
더하지도 빼지도 못하는 무게와 질량

내안의 햇살
눈보라
물
구름
바람
흙

대문 없어도 지켜주는 마음의 집
바람쐬러 나가 수년 후 다시 와도
괜찮다고 괜찮다고 용기 주는 귓속말

평생을 친구로 살아
내 안에서 숨 쉬며

아득하고 깊은 나의 무게에
햇볕 좋은 날
깨끗이 씻어주고 싶구나
보이지 않는 동반자
나의 꿈

그 너머의 나

미래가 온다

봄이 오고 있었다
여름이 왔다
가을이 지나갔다
겨울이 떠나고
다시 봄이 왔다

새봄을 만나러
오늘을 맞으려
세수를 해야겠다

중국 탕왕의 욕조에는
'날마다 그대 자신을 완전히 새롭게 하라.
날이면 날마다 새롭게 하고
영원히 새롭게 하라'*

---

* 탕지반명(湯之盤銘) 왈 순일신 일일신 우일신(湯之盤銘 曰 洵日新 日日新 又日新)

살아보지 않은 날

시인은 세상의 가슴이 된다

한 송이 꽃이 피어나는 머무름이듯

바람이 다녀가는 걸음을 마중하듯

새해

이른 아침 남산을 향했습니다
뜯지 않은 365일 새날을
태양을 보며
기원하고 싶었습니다

기다려도 붉은 운무만 펼쳐지고
2023년 태양은
늦게 온몸을 드러내었습니다

저의 해돋이는 남산 겨울나무 숲속 까치와
멀리서 온 딸과 함께하는 특별한 시간이었습니다
오늘 새해 하루는 시작이며 출발이며
나와의 약속인 의미로 찾아왔습니다

성장에 대하여
행복에 대하여
시간에 관하여

묻고 싶습니다

뜯지 않은 새날 희망 속에 차곡한 365일이 선물로 살아지게
건강하기,
긍정적 삶 살기,
노력하기,
새날 365일이
수고한 대가의 굳은 약속이고 싶습니다

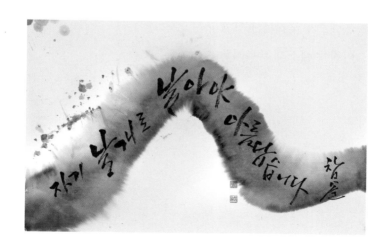

나다움

때되면 꽃이 핀다
나타내려고 애쓰지 마라
살아가면
꽃이 피는 것이다

내 길이 아닌 것 같다고 속상해하지 마라
내 길이 되려고 걸어 온 길이다

모란이 바람에 일렁이고
소나무가 우직하게 서고
아침에 새소리 푸득이듯

마음이 다닌 길 두 번째 이야기

다림질

오늘이 기도이게 하소서
속마음, 겉마음이 한 결이게 하소서
다림질 순간순간이 깨어남이듯
나의 삶도 다림질되게 그러하게 하소서

어설픔이 펴지고
일그러짐이 반듯해지고
구겨진 삶의 조각이 다림질되듯 하소서
내가 다리는 옷들의 보살핌이 다림질이듯
내 삶도 스스로의 다림질로 깨어 있게 하소서

헌 옷의 다림질에 오래된 내음 배어나듯
삶도 그렇게 하소서
한마음 보살핌이 다림질로 내가 되게 하소서

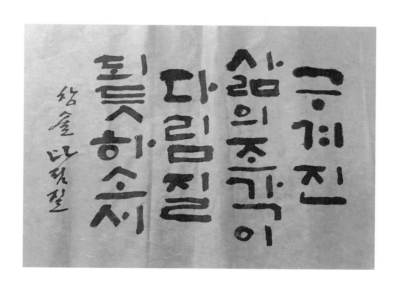

끊어진
삶의 조각이
다림질
되듯 하소서

참술 나뭄질

가족

구두 한 켤레

아이들은 해마다 쑥쑥 자랐다
큰아이는 빨리 자라고 싶어 사이즈보다 큰 것을 신었다
둘째 아이는 모양이 예쁜 신을 고르고
셋째 아이는 자신이 좋아하는
메이커를 고집했다
새 학기가 되거나 어린이날이면
신발을 사주었다

남편은 20년 넘은 갈색 가죽 구두를
밑창을 갈고, 갈고
옆구리가 헤지도록 신었다
팔자걸음을 걸어 신발 뒤축은 바깥쪽이 많이 닳았다
물건을 함부로 다루지 않은
천성도 그러하지만,
그 고집에 마음이 아리다
남편 신발은 현관문을 향하도록 항상 반듯하게 놓여있어
급하게 신발을 벗거나 신을 때는

한 번 더 보게 되었다
한 번 더 생각함을 주었다

남편은 평생 입는 옷과 신는 신발에 연연해하지 않은
의연함을 두고 떠났다
그가 좋아하던 박사복을 입고 짚신을 신고 떠났다
아이들에게는 그 모습을 보여줄 수 없었다
현관 신발의 빈자리는 아직도 구두 한 켤레이다

우리집 개

구순 넘은 아버진 방안에 계시고
"아버지" 하고 불러도
잠자는 시간이 더 많다
대문 들어서면
꼬리 치는 똥개가 오늘따라 비쩍 말랐다
누룽지와 생선 끓여 개집 앞에 가니
밥통도 물통도 얼었다

어느 집 개는
비지니스 타고 가족 결혼식이라 가족 되어 외국도 가는데
우리집 개 밥그릇에 얼음이 얼어 있다
밥그릇 닦고 따스하게 음식 부어 주니
바로 먹지 못한다
현관 계단문을 열고 뒤돌아보니
나를 보고 있다
눈이 나를 보고 있다
눈길이 내 눈치를 보는 것 같다

다시 뒤돌아보니

아직 나를 보고

얼른 먹지 못한다

난 왜 개한테서 아버지가 보이나

눈치 보실 아버지가 아닌데

개를 싫어하는 내가 개 눈치를 보고

몇 번 먹을 것을 준비해 놓고 버스에 오르니 날이 어둡다

왜 우리집 개로 와서

추운 날 밥도 제대로 못 먹는지

왜 개 눈빛에서 아버지가 보이는지

캄캄해진 창밖에 날 쳐다보던 개가 어른거린다

배추를 절이며

배추 절이다 엄마생각이 난다
양지바른 텃밭에
배추씨 뿌려
벌레 잡아주고
감 이파리 걷어내며
짚으로 묶어 속 고갱이 키우고

찹쌀 풀 식혀 갖은 양념 버무린 김치
항아리째 땅속에 묻고,
소복이 눈 쌓인 독 위로 다녀간 참새 발자욱
살얼음 낀 김치 맛
일곱 자식 키우기 버거운 엄마
김치는 겉 푸른 잎이 맛있다 하는,
속속히 허기로 살다간 엄마의 세월

시간이 흘러
어쩌다 찾아오는 자식이 반가워

싱글벙글 반가움에 엄마의 주름진 얼굴

마디 굵어진 손가락에 반지라도 끼워드릴걸

김치 안 먹는 요즘 아이들, 그래도 김장 준비 해본다

회초리

언니는 초등학교 교사였다
일곱 형제 맏이인 언니의 첫 발령은 고향 동부초등학교
코흘리개 동생 셋은 언니의 제자다

동생들이 통지표 받는 날에는 불이 나는 종아리
빨랫돌 위에 서서 손수 꺾어온 싸리나무 내밀면
사정없이 쏟아지는 회초리
정지간에서 밥하던 엄마 쫓아오고,
잠자던 개도 화들짝
며칠째 피멍 들어 붉어진 아랫도리
유년의 어렴풋한 그 시간에 동생들은 철들어 갔다
언니는 지금도 동생들에게 엄마다

마음이 다닌 길 두 번째 이야기

돌탑

우리 집 화단 속에 돌탑이 있다

남편이 인도 여행에서
제주 여행에서
강의 차 출장 간 지방에서 수집한 수석은
그가 떠난 후 화단 한구석에 쌓아 놓았다

그가 남겨 놓은 것은
수석 외에도 박사 모자, 입던 양복 1벌, 서예 작품,
함께한 가족사진은 장롱 속에서 잠잔다

수석은 화단 구석 벤자민이 자라는 옆에
돌 크기대로 탑을 쌓고
벤자민 잎새는 푸른 속살을 드러내더니 가지가
돌탑에 엉켜 위로 뻗는다

햇살 가득한 날
시상이 떠오르지 않을 때
돌탑 옆에 가면
잿빛 색깔의 점잖은 제일 밑바닥 인도 수석이
그를 대신해 말한다

너무 조급해하지 말라고

아버지의 나들이

봄볕이 밝으니
아버지가 어디 가시고 싶으셨나 보다

아버지는 쌀 2푸대를 아들 줘야 한단다
없는 힘 내어 도우미선생님과 엉키고 밀어붙여
간신히 차에 쌀을 싣는다
아버지는 한의사 셋째 아들이 읍내서 개원한다 하고
도우미는 아버지를 태우고 읍내로 향한다

아버지가 가리키는 대로 이리저리 다니다가
어디서 개업하는지 몰라,
둘째 아들한테 전화를 하니
개업은 무슨 개업?
서울서 한의원 하고 있는 셋째 아들 가슴이 철렁
우리 모두 가슴을 쓸어내리고

아버지 치매 중에
한의사 아들이 보고 싶으셨나 보다
늙으면 애 된다더니…
아흔둘의 아버지

엄마가 되면

벌써 가을이 왔네
단풍이 물든다 싶더니 낙엽은 바람 없이도
쉬이 땅으로 내린다

너희들이 어릴 때는 밥을 잘 먹이려고 애썼다
그래서 잔소리가 되었어
일찍 자고 일찍 일어나는 어린이로 키우려고
매도 들고 야단치는 욕심도 부렸어
세상 모르면서
맞지도 않은 책을 읽히려 하고
한발 앞서려는 무능함이 새삼 부끄럽다
결혼을 잘해야 한다고
닦달했던 마음이 무겁다

엄마가 되면
못하고, 모르는 게 많건만, 욕심만 하늘을 찌르더라
엄마가 되면

세상 길목에서 어려움을 막아주고 싶거든

아름다운 세상을 볼 줄 아는 눈을 주고
세상의 운동장에서 함께 손잡고 응원하는 마음을
늦은 나이에 알아가
엄마가 되면
내 아이는 제일 행복하고, 잘 살아야 한다는
쓸데없는 생각이 벽을 높이더라
엄마가 되어보니 엄마가 부족하다는 걸
지금에서야 알아간다

엄마생각

엄마에게 그리움이 있는 건 빚이 있어서다
왜 낳았느냐고
왜 잘 못 키우느냐고
왜 가난하냐고
왜 학원도 못 보내 주느냐고 철없이 마구 대들었다

엄마는 청주한씨 외동딸이다
중매장이 말 듣고 시집와,
안동김씨 서당 한다는 양반집인 줄 알고,
그때 나이 열여덟 살이었다
끼닛거리도 모자라고
남편 군대 간 사이
청소깝나무* 때어 연기 맡으며 시할아버지와
사랑방 뒤치다꺼리로 3년을 보냈다
그러고 보니 내 어릴 적 외할아버지 오셔서

---

* 청소깝나무: 말리지 않은 소나무

하룻밤 묵고 떠날 때
천방둑에서 엄마도 할아버지도 말없이 눈물 나누었다
대구 외갓집 가면 외할아버지 외할머니
딸 잘못 시집보냈다고 서로 원망하며 다투셨다
엄마는 일이 느렸다
대가족식구와 농촌살림에 일곱 아이 키우기에
무리가 되었는지,
성질 급한 아버지 받아줄 힘이 모자랐는지
막내를 낳은 후부터 우울증이 있었다

엄마는 친구도 없고 말이 없었다
큰딸 언니가 선생 하며 옷가지나 반지를 간간이 사오면
빙그레 웃으며 좋아하셨다
엄마는 언니가 친구였고 시누이들이 친구였다
엄마가 요양병원에 계실 때 퇴근 후 날마다 가서 잤지만
모두 출근한 사이 혼자서 눈을 감았다
위급하다는 전화 받고 모두 달려갔지만
엄마를 만나지 못했다
엄마가 좋아하던 아들,
상계동 아들도

여의도 아들도
서초동 아들도
병원을 사당동 지척에 두고
엄마 가시는 길을 우리 모두 마중하지 못했다

살아가는 일은 아픈 일이다
지나와보면 아프다는 건 빚을 지는 일이다
숨을 쉬는 게 삶이고 숨을 거두는 게 죽음이라면
촌음을 꽉 잡을 수 없으니 말이다
삶과 죽음 사이 마지막 만남은 아프다, 헤어짐은 아프다
자식을 낳고 기르고 결혼시키며
가슴 졸이며 살아온 부모의 긴긴 시간에
자식은 부모의 마음을 너무 늦게 알아진다
빈 껍데기로 떠나가신 분,
엄마에게 그리움이 있는 건 살아내신 날에 빚을 진 이유다

거북송편

다섯 명의 가족이 있었습니다
어느 날 아이의 아버지가 홀연히 세상을 뜨고
첫 추석을 맞이하게 되었습니다

송편을 빚는데
막내 6학년은 다섯 마리 거북송편을 만들고,
솔향 가득한 송편을 영정 앞에 두었습니다
며칠이 지나자 거북송편에는 푸른곰팡이인 채
영정을 지켰습니다

십여 년이 훌쩍 지나버린 그 소년은 청년이 되었고
어머닌 나이 들어가는 나무를 생각합니다
껍질 딱딱한 나무 속은 수액이 가득하다지요
사람의 마음에도 나무속에나 있을 수액 같은 게 있을까요

햇살을 받고
부드러운 흙이 있고

큰 바람, 작은 바람 속에 비도 맞으며
하늘 향해 자라는 나무속 수액 말입니다
가슴 한편에 묻어둔 저문 기억, 다가오는 추석날
거북송편의 추억은 날 울게 하겠지요
그 추억마저 나무의 수액으로 성장할 수 있을까
생각에 젖어봅니다

제사 지내는 날

제사다
살아있는 날의 마지막 날을 삶의 조각 이불로 남긴
해마다 그를 기리는 오늘이다

사진을 모셔오고
그동안의 날을 추억하며 잔을 올린다
오늘은 옛날이 된다
죽어 있는 날을 살려 내는 지난 시간이다

아이들은 학교를 다니며
학생으로 자라고
마흔넷은
부질없이
나를 일으켜 세웠다
살아야 해,
살아내야 하는 마른 약속이다

삶이 뭐라고
하루는 하루를 살고,
살아진 23년은 지나간 시간이다
아이들이 어른이 되는 겨울 날,
얼음물이 갈라지는 2월의 산골짜기 물소리다
아이들은 봄으로 일어서고 어른이 되었다

매화 가지 꽃망울 터지는 소리에 그대는 어이
성근 목소리 숨기며 우리를 찾아오나이까
우리가 살아가고
그대는 먼 길 오며
오늘은 우리가 그를 만나는 제삿날이다
그가 우리 가족으로 살아가는 역사 속의 오늘이다

농사

한평생 농사로 인생을 지으신 아버지
농약을 사용하면 자식이 안되는 줄 아셨다
농약을 뿌리면 속이 메스꺼우니 농약을 멀리하셨다
우리집 쌀농사는 반쪽짜리 쌀이 많고,
콩은 쭈그러져 시장가도 제값을 못 받았다
배추는 벌레가 많고
배추밭에는 나비날개짓이 배추와 살았다
고추는 장마철이면 물러져 떨어지고,
고춧가루가 반은 붉지 않아 고춧가루라 할 수도 없다
그게 아버지 농사법이란 걸 형제는 안다

이제 아버진 여든셋이다
해마다 보내주신 걸 받는다
쌀자루 속에 풋콩이 있고
엄마 가신 뒤에는 쪽파를 다듬어 보자기에 담아오셨다
올해 고구마가 한 자루 왔다
이제 힘이 빠져 고구마도 캘 수 없다는 동생의 말이다

보내준 고구마를 물속에 담았더니 하얀 뿌리에 싹이 돋는다
농사를 인생으로 엮은 아버지다
나의 인생은 무엇으로 엮어지나

다섯 살

내꺼야
내꺼야
내가 할꺼야
내 엄마야
빗방울이 왜 동그랗지?
같이 자자,
책 읽어줘
아빠랑 결혼할래
자라는 그 순간이 얼마나 소중한지 그때는 몰랐다

다섯 살 아가 말문이 터졌다
다섯 살 아가 말문이 열렸다
매 순간 왜로 시작하는 물음,
세상이 물음표다
자라는 그 순간이 얼마나 소중한지 그때는 몰랐다

아기나무

새싹

갓 태어난 토끼

세상이 궁금해 마음을 만지고, 세상을 걸어보고,

햇살을 만지고,

세상이 엄마뿐인 왜의 물음으로

동서남북 창을 만들어 구슬 꿰는 다섯 살

자라는 그 순간이 얼마나 소중한지 그때는 몰랐다

내 생일날

태어난 날이다
누구나 태어난 날이 있다
개구리도
다람쥐도
누구나 떠나는 날이 있다

가족들과 생일축하 노래를 부른다
즐거운 날,
남편은 내 생일날 먼 길을 떠났다
슬픔이 오길래 그것을 안았다
제사준비를 하고
생일음식은 정성 가득한 제사음식이다

일 년이 지나고
십 년이 지나고
이십 년 능선을 넘어
며느리가 시집을 오고

눈물 감추던 제사음식을
축하음식으로 바꾸어 내 생일상에 남편을 초대했다
세월은 있기도 하고
세월은 없기도 하다
만질 수 없는 시간 안에
계절은 가고

축하 속에 행복한 마음이 스며들게
구석진 가슴속에 햇살을 차곡차곡 개어 놓고
창문 열어
바람 속에 그는 오는가
함께 노래 불러요
오늘은 제 생일이에요

빛과 그림자

우리 만난 날
둘이서 손잡고 함께한 날들
하루하루가 꿈에 부풀어,
다음 날이 되어도 빛나던 날
사랑은 그렇게 찾아오고

당신이 날 떠날 때부터
긴 날 드리우던 그림자들
밥을 먹어도
잠을 자도
그림자는 따라다녀
바람 속
이불처럼 너풀거리고

세월이 흐르고
추위 속에 살아진 날이
빛이 되는지 알지 못했어

어느 날
낙엽이 내 문을 두드릴 때 난 알았어
빛과 그림자가 한집에 살고 있다는 걸

정월 대보름 새벽

새벽 공기를 가르며
달리고 있었다
앞산 위에 걸친
크고 밝은 보름달도 달렸다
숨이 멎을 만큼 단숨에 달려간 곳은
이백 미터 떨어진 이웃집

"할매 몇 시에요?
엄마가 아들을 낳았어요"

내리 딸 여섯을 낳은 엄마,
우리의 생일은 잊어도
남동생 생일은 잊지 못한다

어느덧 오십 중반이 된 동생,
구순 넘은 아버지께 선물 드린다고
지난해에는 승진 시험을 치렀다

별이 들어간 이름 따라 가슴에 별을 달았다
김성✱

푸른 새벽 달빛이 흥건하다
하늘에 계신 엄마
지금도 아들 위해 기도하실까

환하게
둥근 모습으로 우리를 지켜주는 보름달
우리의 두손 모아 마음이 닿는 곳
정월 대보름

이화이십九년 오월 참을 검호자 柳

추 억

풍금소리

"우리들은 일 학년
어서어서 배우자
학교 마당 참새들아
같이 배우자"

왼쪽 가슴엔 엄마가 달아준 손수건
할머니 손 잡고 가는 동부초등학교 넓은운동장
노처녀 김금*선생님,
선생님 따라 머리 위로 손반짝이 하고
풍금소리에 목이 터져라 노래를 부른다

스승의 날이면 생각나는 선생님
건반 위에 하얀 손 얹고
뒤돌아보며
웃음 짓던 선생님

나이 오십이 되고
육십이 지나도
풍금소리와 함께 다가오는 선생님 얼굴
우리들은 1학년

'선생님 어디 계실까요?'

동창생

동창 생각하는데
노을 지는 한강에 물고기 떼 헤엄이 숱하다
노을이 반짝이는 한강에 친구들 모습이 숱하다

단발머리에 고무신 신고 입학을 했다
살면서 고향을 묻어두는 대신, 하늘을 자주 쳐다보았다
마흔 넘어 동창회를 가니
내 옆에 온 친구,
"너 보려고 여고 앞에 갔는데 만나지 못했어"
세월이 흐르고 그 친구는 먼저 세상을 떠났다
세월의 흔적인지
친구들의 얼굴이 친구 부모님 얼굴로 보였다

태어나 첫 동무가 초등 동창이었다
옆구리에 둘러멘 책보자기, 콧물에 절은 옷소매
동심 속에서 재잘대는 시간은 옛날이 된다
노을빛 한강에 물고기 떼 퍼득이고
추억이 강물을 덮는다

소풍 가는 날

내가 초등 2학년 때 엄마가 싸준 김밥에는
단무지와 계란, 미나리가 들어있었다
신문 속에 든 김밥은 통째 한 줄이었다
한입 물으니 미나리가 쭈욱 따라 나왔다
부끄러워 먹지 못하고 다시 신문에 쌌다
'칠성사이다'란 음료수를 마시는 친구가 부러워
사이다 글씨를 읽으며 상상으로 마셨다

집에 와 복실 강아지를 발로 차버렸다
놀고 있는 동생도 꼬집어 울리다가
화장실 옆에 노랗게 핀 개똥풀을 맘껏 밟았다
동네친구와 숨바꼭질놀이를 하였다
어두워져 엄마가 부르는 소리에 대답도 하지 않았다

하얀 코 고무신

내 발을 손 뼘으로 이리저리 재어 보고,
명절 가까워지면 장에서 고무신 사 오신 할아버지
때로는 먼지가 뽀얗게,
때로는 발뒤꿈치를 물어 피멍 들게 한 신발

그때 고무신을 신었어
강둑에 앉아
고무신 씻어 놓고
돌 위에 말리면
잠자리도 날아오고
구름도 다가오는

실타래 풀어 내리듯
나를 펼치니
까마득한 점 하나 된
여덟 살 여자아이

까치와 홍시

신혼 때 시댁 우물가에
감나무가 있었다
늦가을 어머님 뵈러 가면
감나무 가지 끝에 달린 홍시 서너 개,
푸른 하늘 뒤로한 청량한 공간

장독대 서리는 뽀얗고,
내가 손님인지,
까악깍 까치가 운다
전깃줄에서 외줄 타는 까치,
폴짝폴짝 후르륵 감나무 가지로

얼고 녹고로 반복되는 홍시가
낮 햇살이면 껍질이 얇아져 금방이라도 터질 듯하다
까치가 먹던 홍시는
마당 쓸 때 감꼭지만 떨어져 있었다

홍시는 까치를 기다렸고 까치는 배부르게 날아

솔밭으로 감나무로 놀이터였지

그 사이 감나무도 없어지고,

기억 한 모퉁이에 살면서

손 내밀고 안부 전하는 푸른 하늘이여

사람은 무엇으로 사는가,

오래전 길 떠나신 어머니 보고 싶은 어머니

허수아비

펄럭펄럭 허수아비
꼭 바보 같았어
그때는 여섯 살
나무막대 짚으로 엮고 비닐로 덮은 허수아비
새들도 구경하고
나도 구경했어

잠자리가 앉아도
참새가 앉아도
바람불어 펄럭
배고파 펄럭

할머니와 엄마가 싸준 쑥떡 먹는데
펄럭펄럭 허수아비
꼭 바보 같았어

빨래

추운 날 강가

바라보는 내 안의 나,
얼음을 부숴
빨래해야만 하는 나

내가 그랬고
내 동생들이 그러했다

추운 날이면 더욱더 추워지는 겨울 속에서
얼음을 부수고 있었다

한글

가―나―다―라
아―야―어―여를 힘차게 불러 대던 1학년 4반
친구들
'어머니'를 쓰는데
삐뚤빼뚤 그려지는 글씨는
어머니 아닌 '어머나'
써도 써도 '어머나'

땅바닥에 엎드려 침 발라 숙제하고 있는
내 손등 위에 느껴지는 거친 엄마 손
두 손은 하나의 손이 되어
연습,
연습하여
'어머니'가 되었다

남그도복희 후에 바흐면여를
다빠면·닌쏧법이 납다흐이를 좋음
향복흐며이 문오동이를 아ㄷㅈ옹리

일찍이 석가천년 세종대왕께서 지은 월인천강지곡 구절장은 라수가
아우리 붉 에도 붉혀를 베면 열매를 모두 따게 먹을수 있으며 솔법이 아우리
높당고 하늘을 그 사람를 이받고 ㅌ르는 흥을 향복하게 하면 부처님의 道를
받는 사람를로 대라카 향복 받을수 있다는 내용이라
참솔 김초자

녹차와 추억

용정차 몇 이파리를 찻잔에 넣고 물을 부으니
추억이 온다

십사 년 전 일이다
아침에 일어나
아이 아빠 영정에 차를 올리면
재수하는 큰딸이 차를 마시고
찻잎은 모아 올리브유에 전을 부쳐 아이에게 주던 때
아빠와 함께 할 수 없는 식사를
차로 대신하였던 시간과 마음이 나를 잡는다
그 아인 지금 두 아이의 엄마가 되고

추억과 현실의 공간에서
밀쳐두었던 그리움이 우러난 찻잔의 침묵
그는 춘삼월 쌀쌀한 날
나를 떠났다
나도 언젠가는 떠나가리라

내가 가는 날도 봄이어도 좋다는 생각을 해본다
삶 속에 죽음이
죽음 속에 삶이 함께하는 공간

내 친구 정희

정희는 여고 1학년 때 만났다
갈래머리에 쌍꺼풀진 고운 눈매가 교복과 어울렸다

소나기 쏟아지는 날이면 둘이서 뚝방길을 걸어
신발이 다 젖고
양철지붕 빗소리를 함께 들으며 편지를 주고받고
명봉사 뒤뜰 은행나무 단풍 위에 누워 하늘을 쳐다보았다
친구와 책 읽고, 도란도란 얘기 속에
은행잎이 우리 위로 떨어졌다
둘이서 너무 많이 걸어 발이 까진 걸 나중에 알았다
정희네 가서 덕율계곡에 발 담그고,
하얗게 쏟아지는 물보라는 바위 위에 앉은 교복을 적시고,
어둠이 오는지 몰랐다

정희는 취업되어 연수 간 사이,
나는 홀로 정희 집에서 하룻밤을 보냈다
안방 작은 창문 사이로 칠월 보라색 포도가

빗속에서 알을 굵히고,
정희와 함께 밤을 지낸 것 같은 새벽을 맞았다

정희의 미래는 학교 선생님 만나
사모님 소리를 듣는 것이고, 소원이 이루어졌다
세 아이의 엄마로 다시 대학을 가고, 정희도 시인이 되었다
결혼 후 잘 만나지 못하다가 내 남편이 눈감았을 때
장미꽃을 수북하게 들고 와
어떻게 알고 서울까지 왔느냐 하니
"내가 안 오면 누가 오느냐" 했다

아이들이 결혼할 때
먼 길 왔다가 바로 가니 친구 생각이 더 깊어졌다
내가 처음 시인이 되었을 때 그럴 줄 알았다고 하여
우리의 이야기가 만들어졌다는 기쁨이 생겼다
여고 때 내가 쓴 글을 지금도 간직하고 있다고…

이제 정희도 나도
삶이 가볍다
가고 싶을 때 가고

보고 싶을 때 보고

그리움 보따리 풀어 강물에 들려주어도 되는

그렇게 살아가도 되는 나이가 되었다

진지 드세요, 밥 드세요

봄날,
꽃피운 언덕진 놀이터
햇살에 사금파리*로 찢어낸 쑥 향기 피어나는 쪼그만 봄노래
샛노란 꽃다지, 냉이 지천에 피어나고
나는 엄마, 너는 아빠 되어
'진지 드세요, 밥 드세요'
송송구름 마실 와 시샘하고
봄향기 달기만 하는 유년의 봄날
햇살도 고운 바람도 함께 놀아주는
일곱 살 연가

넝쿨 나무 옆
조잘대는 앞집 아이 놀러 오면
종일 놀아도 싫증 없는 엄마아빠 놀이
구름 차에 실려 빠끔히 밖을 보면

---

* 사금파리: 사기그릇의 깨진 작은 조각

일곱 살 해쑥 냄새 진하게 묻어내는 봄

집 옆 언덕 넝쿨이 자라던 놀이터

햇살 속에

꼬물거리며 봄 키우는 엄마아빠 놀이

필요한 사람이 되자

시골 여 중 고를 다닐 때
한 분의 교장 선생님 밑에서 6년을 보냈다
공부를 뛰어나게 잘하는 언니 덕분에
교장 선생님이 한 번씩 우리 집에 오셨다

짚으로 수세미를 만들어 재를 묻혀
수북한 냄비를 닦고 있는 일요일 아침
교장 선생님께 그 모습을 들켰을 때 참 부끄러웠다
못 쓰는 붓글씨로 선생님께 자주 편지를 써드렸다
우리 집에서는 교장 선생님이 제일 귀하신 분이 되어
햅쌀이나 푸성귀라도 자라면 부모님이 갖다 드렸다

어느 날 아침 조회 시간에 언니 얘기를 하셨다
어느 학생은 공부하느라 소나기가 내려도
바깥을 내다볼 줄 모르고 공부를 한다는 것이다
중학교 2학년 아침 조회 시간에는
여러분은 마흔이 되면

어떤 사람이 되어 있을꺼냐고 물으셨다

어느 날은 걸레는 더러운 곳을 닦아준다며

여러분도 필요한 사람이 되어야 한다고 하셨다

'필요한 사람이 되려고'

그 생각을 놓지 않았다

동생도 거두고

밥도 하고

들일도 하고

직장도 30분 일찍 가고 30분 늦게 오고

결혼을 하여 두려운 시댁에 적응하느라 귀를 기울였다

집안 살림 속에서,

아이들을 키우면서도

이웃을 만나서도 그 생각을 붙들었다

마흔이 되면 어떤 사람이 될 것인지

나에게 묻고 물었다

그 말을 들었을 당시 중학교 2학년 때,

한복을 입고 곱게 웃는 내 모습을 저장하였는데

마흔의 나는 어려웠고

쉰의 나도 어려웠다
중간에 한복을 지어 입어보았다
내 모습이 아니어서 몇 번 울었다

교장 선생님은 음악을 전공하셨고
어느 날 아침 조회 시간에는
신세계 교향곡을 설명해주셔서
아이들 키울 때 클래식을 접하는 기회가 되었다

결혼을 한 후 교장 선생님은 내 이름을 부르지 않고
꼭 김 선생으로 불러주셨고,
언니와 형부는 돌아가실 때까지 찾아뵈었으나
나는 그러지를 못하였다
자그마한 체구에 단벌 신사이신 교장 선생님은
걸레로 현실을 닦아가게 행동하도록 했다
걸레로 닦은 자리에서 한걸음 나아가게 하셨다

아침 조회 시간에 들은
"필요한 사람이 되라"는 훈화 말씀은
인생의 교과서로 오늘을 행동하게 했다

다가오지 않은 먼 날을 준비하는 상상으로 이어주고,
내가 뭘 해야 하는지 묻게 해주었다
살아온 날의 구석진 부분도
살아갈 날의 날개를 만드는 일도
스스로를 돌보도록 해주셨다

마음

관계

혼자이면서
혼자가 아니면서
여럿이면서
혼자이면서

어디서 왔다 어디로 가는 걸까
모래알같이 많은 사람의 모습
더듬더듬 내 마음,
더듬더듬 너의 마음

살면서도
살지 않은 듯
봄이 오고
여름 되고
가을 되고
겨울 가고 봄이 오듯이
흙은 꽃도 품고

나무도 품고

혼자이면서
혼자가 아니면서
여럿이면서
혼자이면서

책장 넘기는 바람

바람아
넌 어디서 왔어?
멀리서 온 것 같지는 않은데
내가 보는 책장을
넘겨주는구나

지아설법 여벌유자 법상응사 하황비법
知我說法 如筏喻者 法尙應捨 何況非法
부처님이 말씀하시기를
너희들 비구는 내가 말한바
법이 뗏목과 같은 줄을 알라
하물며 진리도 놓아버려야 하는데 그릇된 법이야

어제를, 진리를 놔버려라
고요를 만나거라
나를 벗 삼아, 넘어서라

두 갈래

그가 떠나도 떠난 것일까
그가 떠나도 진정 떠났을까

그날 내 생일날
가족과 맛있는 밥 먹자고,
저녁 식사 할 곳 예약하라고 약속한 사람

마음 보여주지 않아도
지금껏 날 따라오는 마음

마음은 문 없이
들락거리는 사계절의 뜀박질

피는 듯 피는 듯

오는 듯
오는 듯
오지 않을 듯
필 듯
말 듯
피어오르는

바람을 만날까
구름을 기다릴까
봄소리 싣고 온 앞산 진달래가
거실로 이사와 수줍음 가득

다 피지 않는 기다림의 시간
피는 듯 피는 듯 피어오르는
꽃망울의 설레임

연수*가 생일 선물로 들고 온

진달래 마음

---

*   연수: 새로 시집온 며느리

시 쓰기

마음을 쓴다
똑똑
그림 그리고
나비로 날아
너에게 간다

마음을 담는다
똑똑
풀숲을 그리고
잠자리 되어
바람에게 묻는다

모르는 마음

꽃이 피고 진다
꽃이 꽃자리로 피고 진다

꽃의 마음을 꽃에게 물어보았다
오늘도 묻는다
그제도 물었다
십년 전에도
삼십년 전에도
아,
어릴 적에는 꽃을 많이 꺾었다
예쁘고
향기가 있다고 많이 꺾었다
내가 꽃을 꺾어 화병에 담아도 꽃은 빨리 죽었다

꽃의 마음을 꽃에게 물어보았다
꽃이 꽃자리로 피고 진다

마음이 다닌 길

내가 온 길,
나이도
색깔도
소리도 없이
살아온 마음

살아온 길,
나이로
색깔로
모양으로
삶이 만들어지고

바람아 너도 나이가 없지
구름아 너도 나이가 없지
밤도 없고
낮도 없이
함께한 바람과 구름

마음은 바람이어도
마음은 구름이어도
보이지 않은 마음에
바람이 구름이 흐른다

내가 다닌 길에
발자욱 하나둘
별들이 마음 찍은 하나둘

담쟁이

앙상한 담벼락에
고요로
바람으로
햇살로
벽으로 오르다가, 기어오르다가
해마다 가족 불려가는 담쟁이 앞에 서서

'나는 언제
한 뼘 땅이라도 찾아 스스로 뻗어 나간 적 있나'

바람이 불면 나풀
햇살이 비추면 반짝

나는 누굴까

아침이면 태양이 떠오르고
바다는 파도와 살아가는
천년만년

하늘에서 별로 내려와
살아가는 나는 누굴까

매화 봉오리 맺은 뜰 앞에서
서성이는 나는 누굴까
매화 봉오리 터지는데
나는 누굴까
나는 누구일까

뿔난 지게

구순 넘은 아버지다
아버지께 발 씻겨 드리니
딸에게 고마운 마음 있으신가 보다

'고생을 많이 했어
많이 하고말고
아이구, 말로 다 못하지'

한참을 가만히 계시다가
발 한테 미안하다고 하신다
어깨 한테 미안하다고 하신다
일을 너무 많이 하셨단다
지게를 너무 많이 지셨단다

술 좋아하는 할아버지
공무원 생활도 접고
술집으로

술집으로

아버지는 열 살도 되기 전 지게를 졌다
겨울이면 나무를 팔고
봄이면 밭으로 거름을 옮기고
여름에는 소 꼴을 한 지게 매어다 두면
마굿간 앞은 풀 향기의 뜨거움이 가득하다
보리타작하는 날은
온 마당이 보리 짚으로
미끄러워 넘어지기 일쑤다
가을 나락 베어 나락 단이 가득해지더니,
해마다 땅을 조금씩 샀다
겨울이면 빈 지게 메고 새벽을 마주하며
산 판 일을 나가셨다
아버지 어깨는 지게 끈에 시달려 굳은살이 배었다

지게 장소는 사철 화장실 앞 처마 밑,
비 오는 날은 지게가 젖는다
할아버지 술주정이 심하면 아버진 지게 지고 들을 향했다
할아버지 술주정이 심하면 아버진 지게 지고 산을 향했다

어릴 적 모은 재산이 밑천이 되어,
그 끈으로 우리 일곱은 간신히 대학을 마쳤다

아버지는 스스로에게 자신을 맡기고
먼저 일어서실 줄 알았다
무거운 짐,
내 힘보다 무거운 짐,
그 한 짐을 작대기를 잡고 일어서는 삶이었다

매화꽃 다진 밤에
호젓이 달이 밝다

참솔 김춘자

초판 1쇄 발행 2023. 7. 10.

지은이 김춘자
펴낸이 김병호
펴낸곳 주식회사 바른북스

편집진행 김재영
디자인 양헌경

등록 2019년 4월 3일 제2019-000040호
주소 서울시 성동구 연무장5길 9-16, 301호 (성수동2가, 블루스톤타워)
대표전화 070-7857-9719 | **경영지원** 02-3409-9719 | **팩스** 070-7610-9820

•바른북스는 여러분의 다양한 아이디어와 원고 투고를 설레는 마음으로 기다리고 있습니다.
이메일 barunbooks21@naver.com | **원고투고** barunbooks21@naver.com
홈페이지 www.barunbooks.com | **공식 블로그** blog.naver.com/barunbooks7
공식 포스트 post.naver.com/barunbooks7 | **페이스북** facebook.com/barunbooks7